TABLEAUX

ET

DESSINS MODERNES

PROVENANT EN PARTIE

Du Cabinet d'un Amateur

GROUPE EN MARBRE

EXPOSITION

LE VENDREDI 24 FÉVRIER 1860, DE 1 HEURE A 5 HEURES.

VENTE

Le Samedi 25 Février 1860, à 2 heures 1/2 précises

Mᵉ Eugène ESCRIBE, Commissaire-Priseur.

M. François PETIT, Expert.

RENOU ET MAULDE, IMPRIMEURS DE LA COMPAGNIE DES COMMISSAIRES-PRISEURS
144, rue de Rivoli.

CATALOGUE

DE

TABLEAUX

ET

DESSINS MODERNES

PROVENANT EN PARTIE

Du Cabinet d'un Amateur

ET

D'UN CHARMANT GROUPE EN MARBRE

DONT LA VENTE AURA LIEU

Le Samedi 25 Février 1860,

A 2 HEURES 1/2 PRÉCISES

HOTEL DROUOT

Salle n° 5

* * *

Par le ministère de M. **EUGÈNE ESCRIBE**, Commissaire-Priseur,
Successeur de MM. POUCHET et RIDEL,
217, rue Saint-Honoré,

Assisté de M. **Francis PETIT**, Expert, rue de Provence, 43,

CHEZ LESQUELS SE DISTRIBUE CE CATALOGUE.

* * *

EXPOSITION PUBLIQUE

LE VENDREDI 24 FÉVRIER 1860, DE 1 HEURE A 5 HEURES.

—

1860

CONDITIONS DE LA VENTE

Elle sera faite au comptant.

Les acquéreurs paieront en sus des adjudications cinq pour cent applicables aux frais de la vente.

DESSINS

BELLANGÉ

1 — Le vieux Ménétrier.

(Aquarelle.)

BELLANGÉ

2 — Un Soldat à l'infirmerie.

(Sépia.)

BELLANGÉ

3 — Souvenir de Crimée.

(Aquarelle.)

BENOUVILLE

4 — Six études et compositions diverses.

(Dessins provenant de sa vente.)

BONINGTON

5 — Marine.

(Aquarelle).

BONINGTON

6 — Paysage.

(Sépia.)

BOUCHER

7 — Jeune fille jouant avec des colombes.

(Dessin aux crayons de couleurs.)

BOUCHER

8 — Vénus.

(Dessin aux deux crayons.)

BRASCASSAT

9 — Environs de Naples.

(Aquarelle.)

BONVIN

10 — Le village de Marcoussis.

(Aquarelle.)

CHARLET

11 — Un brigand calabrais.

(Aquarelle.)

ERNEST CICÉRI

12 — L'Arc de triomphe de l'Étoile.

(Gouache.)

ERNEST CICÉRI

13 -- Un cadre contenant neuf gouaches.

DECAMPS

14 — Josué arrêtant le soleil.

Première pensée de cette grande composition.

(Fusin.)

DECAMPS

15 — Le Singe peintre.

(Dessin.)

DECAMPS

16 — Un Fumeur d'opium.

(Sépia.)

EUG. DELACROIX

17 — Jeune Grec à cheval.

(Aquarelle.)

A. DE DREUX

18 — Chevaux de course.

(Dessin rehaussé.)

DUGSURE (1777)

19 — Vue du château de Maisons.

(Aquarelle.)

GUDIN

20 — Trois-mâts battu par la tempête.

(Aquarelle.)

CASIMIR KARPF

21 — Baigneuses surprises.

(Dessin.)

CASIMIR KARPF

22 — Paul et Virginie.

(Dessin.)

MORIN

23 — Une partie de musique.

(Aquarelle.)

J. OUVRIÉ

24 — Château de Chateaudun.

(Aquarelle.)

J. OUVRIÉ

25 — Hôtel-de-ville d'Ypres.

(Aquarelle.)

J. OUVRIÉ

26 — Place du marché à Bruges.

(Aquarelle.)

PAPETY

27 — Femme romaine.

(Aquarelle.)

PAPETY

28 — Modestie.

(Dessin).

PAPETY

29 — Coquetterie.

(Dessin.)

PASINI

30 — Souvenir d'Orient.

(Dessin.)

PRUD'HON

31 — Enfants jouant avec un chien.

(Aquarelle non terminée.)

32 — Une page de missel.

(Aquarelle rehaussée d'or.)

LÉOPOLD ROBERT (D'APRÈS)

33 — Les Pêcheurs.

(Gravure, épreuve avant la lettre.)

TABLEAUX

BENOUVILLE

34 — Moïse exposé.

H. 97 c. L. 69 c.

BILLET

35 — Kiosque au bord d'un lac, souvenir d'Orient.

H. 45 c. L. 80 c.

CHARLET

36 — La Fête du vieux garde.

H. 45 c. L. 36 c.

COROT

37 — Une fontaine en Bretagne.

H. 32 c. L. 55 c.

DAUBIGNY

38 — Ruisseau traversant un bois.

H. 60 c. L. 45 c.

DECAMPS

39 — Le Rat retiré du monde, fable de La Fontaine.

H. 30 c. L. 25 c.

MARTIN DE VOS

40 — Chasse au tigre.

H. 105 c. L. 125 c.

JULES DUPRÉ

41 — Étude d'après nature.

H. 20 c. L. 43 c

FAUVELET

42 — Jeune femme tenant un médaillon.

H. 20 c. L. 15 c.

LÉON FLEURY

43 — Paysage.

H. 27 c. L. 39 c.

FRAGONARD

44 — L'Amour (figure à mi-corps).

H. 50 c. L. 39 c.

DE FRANCESCO

45 — Coquelicots.

H. 00 c. L. 00 c.

FRANÇAIS

46 — Deux études.

H. 30 c. L. 39 c.

GIRAUD

47 — Intérieur d'atelier.

H. 60 c. L. 48 c.

GREEN

48 — Jeune garçon jouant avec une tortue.

H. 52 c. L. 35 c.

HERSENT

49 et 50 — Épisodes de la Joconde, conte de La Fontaine.

(Deux tableaux.)

H. 21 c. L. 17 c.

ISABEY

51 — Repos pendant la promenade.

H. 25 c. L. 19 c.

A. DE KNYFF

52 — Paysage d'automne.

H. 70 c. L. 100 c.

LENFANT (DE METZ)

53 — Horlogers allemands.

H. 26 c. L. 22 c.

LAVIELLE

54 — Paysage.

H. 23 c. L. 10 c.

MARILHAT

55 — Paysage, étude faite en Italie.

H. 53 c. L. 71 c.

MONFALLET

56 — L'Aumône.

H. 24 c. L. 21 c.

MONFALLET

57 — Le Récit.

H. 24 c. L. 21 c.

MOULIGNON

58 — Enfants arabes jouant avec des oiseaux.

H. 18 c. L. 10 c.

PASINI

59 — Cavaliers persans faisant boire leurs chevaux.

H. 21 c. L. 27 c.

ROBERT FLEURY

60 — Brigand italien.

H. 47 c. L. 36 c.

TH. ROUSSEAU

61 — Effet de soleil couchant, animaux buvant à une mare.

H. 24 c. L. 33 c.

PH. ROUSSEAU

62 — Coq et Poules.

H. 19 c. L. 27 c.

ARY SCHEFFER

63 — L'Abandonnée.

H. 30 c. L. 23 c.

STEVENS (JOSEPH)

64 — La Halte au bord du bois.

H. 16 c. L. 24 c.

TASSAERT

65 — Liseuse endormie.

H. 24 c. L. 10 c.

TASSAERT

66 — L'Enfant malade.

H. 30 c. L. 23 c.

TROYON

67 — Une Vache aux champs.

H. 49 c. L. 32 c.

TROYON

68 — Paysage.

H. 70 c. L. 88 c.

VILLAIN

69 — Jeune fille pleurant son oiseau.

H. 37 c. L. 32 c.

ZIEM

70 — Une mare, effet de soleil couchant.

H. 45 c. L. 80 c.

ZIEM

71 — La Piazetta à Venise.

H. 81 c. L. 62 c.

ZIEM

72 — Le Soir à Venise.

H. 86 c. L. 62 c.

———

GROUPE EN MARBRE

Par BUTTI de TURIN

73 — L'Innocence.

Renou et Maulde, imprimeurs de la Compagnie des Commissaires-Priseurs,
rue de Rivoli, 144.   8480

www.ingramcontent.com/pod-product-compliance
Lightning Source LLC
Chambersburg PA
CBHW061034090726
47597CB00014B/4244